Catalogage avant publication de Bibliothèque et Archives nationales du Québec et Bibliothèque et Archives Canada

McAuley, Rowan

    Présidente de classe

    (Go girl!)

    Traduction de : Class Captain

    Pour les jeunes.

    ISBN 978-2-7625-9456-0

    I. McDonald, Danielle. II. Ménard, Valérie. III. Titre. IV. Collection : Go girl!.

Class Captain de la collection GO GIRL!

Copyright du texte © 2008 Rowan McAuley

Maquette et illustrations © 2008 Hardie Grant Egmont

Illustrations de Danielle McDonald inspirées des illustrations de Ash Oswald

Le droit moral de l'auteur est ici reconnu et exprimé.

Version française

© Les éditions Héritage inc. 2012

Traduction de Valérie Ménard

Révision de Danielle Patenaude

Infographie de D.sim.al/Danielle Dugal

Nous reconnaissons l'aide financière du gouvernement du Canada par l'entremise du Fonds du livre du Canada (FLC) pour nos activités d'édition.

Nous reconnaissons l'aide financière du gouvernement du Québec par l'entremise du Programme d'aide aux entreprises du livre et de l'édition spécialisée.

Présidente de classe

PAR
ROWAN McAULEY

TRADUCTION DE VALÉRIE MÉNARD
RÉVISION DE DANIELLE PATENAUDE

ILLUSTRATIONS DE
DANIELLE McDONALD

INSPIRÉES DES ILLUSTRATIONS ASH OSWALD

INFOGRAPHIE DE DANIELLE DUGAL

Chapitre
✿ un

— Es-tu partante ?

Jade rit et caresse son chien Léo derrière les oreilles.

— Je ne sais pas. Si tu le fais, je le fais.

— Oui ! s'exclame Coralie. Alors, ça veut dire que tu vas le faire !

Jade rit à nouveau. Ça fait une éternité qu'elle n'a pas vu son amie aussi enthousiaste.

— Qu'est-ce que vous complotez ?

Jade et Coralie sursautent, et Léo aboie sous l'effet de la surprise. Jade lève les yeux et aperçoit sa grande sœur dans l'embrasure de la porte, le sourire en coin.

— Maeva! dit Jade d'une voix fâchée. Est-ce que tu nous espionnais?

— Non, pauvre nulle. Vous faites tellement de bruit que je suis venue vous demander de baisser le ton.

— Salut Maeva, dit Coralie en souriant mielleusement. Pardonne-nous d'être aussi bruyantes.

— Hé! dit Jade à son amie. Tu n'es pas obligée de...

— Ça va, Jade, l'interrompt Maeva en souriant à Coralie. C'est juste que j'ai beaucoup de devoirs parce que je suis, tu sais, en...

— En sixième année, s'énerve Jade. Ouais, ne t'en fais pas. Nous sommes toutes au courant.

— Tu es tellement irrespectueuse, Jade, dit Maeva. Tu devrais parfois prendre exemple sur Coralie.

Elle leur lance un regard menaçant, puis retourne tranquillement dans sa chambre.

Jade la regarde s'en aller.

— Quelle peste !

— Tu blagues ? répond Coralie. Elle est super cool. Je l'échangerais n'importe quand contre ma grande sœur.

Jade frappe Coralie sur la tête avec un oreiller.

— Cool ? Tu parles ! Et de toute façon, n'es-tu pas censée être mon amie ?

Coralie éclate de rire et lui relance l'oreiller.

— À condition que tu me promettes de le faire.

— Je t'ai déjà dit que j'allais le faire.

— Jure-le-moi, insiste Coralie en traçant une croix sur sa poitrine pour inciter Jade à l'imiter.

— Oui, d'accord. Je le jure, déclare Jade.

— Alors, dis-le correctement.

— D'accord, répond Jade en soupirant et en souriant. Moi, Jade Grondin, je jure de me lancer dans la course pour être présidente de classe.

— Formidable ! s'écrie Coralie. Ça va être trop génial !

Elle commence à sauter sur le lit de Jade et fait une petite danse. Léo aboie et se met à tourner énergiquement sur lui-même. Jade rit et tape des mains pour qu'il aboie à nouveau.

La minute suivante, par contre, Maeva frappe contre le mur de sa chambre.

— Oups, murmure Coralie, qui atterrit sur le lit dans un grand fracas. Elle s'empresse de déposer un oreiller sur ses cuisses

et lisse ses cheveux vers l'arrière au cas où Maeva reviendrait.

— Désolée, Maeva, dit Jade en riant.

— Mais c'est *génial,* par contre, dit Coralie, qui tente de parler plus doucement. Sérieusement, on va vraiment s'éclater !

— Je l'espère bien, répond Jade. Mais c'est toi qui vas te présenter. Moi, je ne fais que te seconder, d'accord ?

Coralie hausse les épaules.

— Oui. Mais si jamais c'est moi qui suis élue, tu seras ma vice-présidente indépendante, d'accord ?

— Ça me va. Ce serait cool, dit Jade.

Tout est mis en place.

Chapitre
* deux *

Les filles passent le reste de l'après-midi à travailler sur leurs affiches, jusqu'à ce que la mère de Coralie vienne la chercher.

Monsieur Bédard s'est servi de l'élection pour monter un projet sur le leadership. Ils ont passé une période complète à discuter de la différence entre le leadership et la popularité. Même ceux qui ne sont pas dans la course à la présidence doivent préparer une affiche et déterminer ce qu'un bon président de classe pourrait faire pour l'école.

Jade prend la feuille d'instructions de monsieur Bédard.

Instructions pour votre affiche:

1. Utiliser une feuille blanche.

2. N'écrire que sur vous – ne rien écrire à propos de vos adversaires.

3. Indiquer quels changements vous apporteriez à l'école.

4. Dire pourquoi nous devrions voter pour vous !

Bien que ce soit difficile de tout indiquer sur une seule feuille de papier, Jade croit qu'elle et Coralie font du bon travail.

Elles enfilent d'abord un joli veston qui appartient à la mère de Jade. Puis, elles prennent des photos de l'une et de l'autre en tentant d'avoir l'air sérieuses et matures.

Ensuite, Jade imprime les photos à partir de l'ordinateur, et Coralie inscrit «VOTEZ!»

en bleu métallique au-dessus de leurs têtes. C'est vraiment réussi.

Jade ignore comment s'y prend Coralie, mais elle parvient toujours à créer des en-têtes accrocheurs.

S'ensuit la partie la plus difficile – trouver des raisons pour lesquelles les autres élèves de la classe devraient voter pour elles.

— Qu'est-ce qu'on devrait écrire? demande Jade. Par exemple, si on inscrit: «Votez pour moi parce que je suis très gentille», on aura l'air d'avoir la tête enflée, non?

— Ouais..., dit pensivement Coralie. Et si on écrivait: «Votez pour moi. Ne suis-je pas super gentille?»

Jade éclate de rire.

— Merci, tu es d'un grand secours. D'accord, passons à la suivante. Qu'est-ce que nous ferions si nous étions présidentes de classe ?

— Facile ! Interdire aux garçons de jouer au soccer près du terrain de handball. Ils interrompent toujours notre partie lorsqu'ils frappent le ballon trop loin.

— Oh, oui !

Jade écrit la suggestion.

— Peut-on faire ça ?

— Je l'ignore, admet Coralie. Mais on peut toujours essayer. Ensuite ?

— Hum... qu'on vende des bâtonnets glacés au melon d'eau à la cantine ? Ils en ont à l'école de mon amie, et elle dit que c'est délicieux.

Lentement, elles dressent une liste des choses qu'elles peuvent inscrire sur leurs affiches.

— Nous ne pouvons pas avoir les mêmes suggestions, dit Jade. On devrait séparer la liste en deux afin que nos affiches soient originales.

— Bien pensé, convient Coralie. Qu'est-ce que tu dirais que chacune de nous prenne les idées auxquelles elle a pensé ?

— Parfait ! Tu sais, nous formons une équipe du tonnerre. Ce serait génial si on pouvait être présidente toutes les deux, non ?

— Tout à fait, dit Coralie en souriant.

Puis, elles font leur poignée de main spéciale.

Chapitre trois

Le lendemain, Jade arrive à l'école avec son affiche protégée dans une chemise en plastique que sa mère lui a rapportée du travail.

Une fois le cours amorcé, monsieur Bédard explique de quelle façon se déroulera l'élection.

— Comme vous le savez, commence-t-il, tous les élèves de la classe se lèveront et présenteront leurs affiches. Vous devez écouter tous les exposés attentivement, et déterminer quelles sont les idées les plus novatrices. N'oubliez pas que ce n'est pas un concours de popularité. Vous ne devez pas voter pour une personne pour la simple raison que vous l'aimez. Les présidents de classe pour cette étape-ci devront être fiables et faire du bon travail.

Jade et Coralie se sourient l'une à l'autre. Ça commence à être excitant !

— Après les exposés, poursuit monsieur Bédard, j'annoncerai les candidats. Autrement dit, je vais les nommer. Nous souhaitons proposer la candidature de quatre garçons et de quatre filles. Si vous êtes nommé, vous pouvez accepter ou refuser la nomination. Vous n'êtes pas obligé d'être candidat si vous ne le désirez pas, d'accord ?

Jade hoche la tête. «Je me demande si j'ai une chance d'être candidate?» Elle réalise soudain qu'elle en a réellement envie.

— Parfait, dit monsieur Bédard. Après les mises en candidature, vous voterez à bulletin secret pour un garçon et pour une fille. Je compterai les votes à la récréation, puis à votre retour en classe, nous connaîtrons l'identité de nos présidents. D'accord? Commençons par la table à côté de la porte. Qui est votre premier candidat?

Jade se tortille sur sa chaise. «La compétition va être forte. J'imagine que tout le monde voudra être nommé.»

Mais elle aperçoit ensuite Olivia baisser les yeux sur son pupitre et secouer la tête, comme si le simple fait de présenter son affiche l'angoissait.

« Pauvre Olivia, pense Jade en lui souriant. Elle déteste parler en public. »

C'est tout le contraire de Rosalie, qui est déjà en train de fixer son affiche sur le tableau. Elle sourit avec aplomb à la classe, lit ses suggestions, puis lance une poignée de sucettes dans les airs en criant : « Votez pour moi ! »

Elle reçoit un tonnerre d'applaudissements.

Après Rosalie, c'est au tour d'Isabelle. Elle est très sérieuse et promet que tous les élèves responsables des déchets vont recevoir des gants pour manipuler les détritus.

Vient ensuite le tour d'Oscar, qui dit:
«Voter pour moi, c'est voter pour une plus longue pause du midi!»

Tout le monde applaudit, mais monsieur Bédard secoue la tête.

— Je doute qu'un président de classe ait autant de pouvoir, Oscar, mais c'était un bon discours. À présent, passons à cette table-ci.

Jade et Coralie se regardent l'une l'autre.

— Tu commences, chuchote Coralie.

— Es-tu certaine? répond Jade. Bien, dans ce cas...

Elle se lève et se sent soudainement nerveuse.

«Est-ce que mes idées sont aussi bonnes que celles des autres?», se dit-elle.

Hier, Jade ne s'en faisait pas trop avec ça quand elle et Coralie lançaient leurs idées.

Une fois rendue au tableau, par contre, elle trouve que son affiche est plutôt réussie. L'en-tête métallique de Coralie est mis en évidence.

Elle prend une grande respiration et se tourne face à la classe.

— J'aimerais être présidente de classe parce que...

Elle fait une pause. Elle a un trou de mémoire. Que devrait-elle dire ensuite ? Elle se retourne et regarde son affiche à nouveau en tentant de ne pas paniquer.

Elle prend une autre grande respiration, puis elle lit ses idées.

— Je vais travailler fort pour faire du bon travail. J'ai l'habitude de donner un coup de main à la clinique vétérinaire de ma mère, et je sais que les tâches répugnantes sont tout aussi importantes que celles qui sont agréables. Je vais aussi demander à ce que la cantine vende des bâtonnets glacés au melon d'eau en été, et je vais organiser une collecte de fonds dans le but d'amasser de l'argent pour planter plus d'arbres sur le terrain de l'école. Merci.

Elle sourit et tout le monde se met à applaudir. Puis, elle fait la révérence comme dans leurs cours de danse, ce qui fait rire la classe. Enfin, elle retourne en vitesse à son bureau et se cache aussitôt derrière sa frange. Mais elle rayonne.

— Tu as été formidable ! dit Coralie en souriant.

— En fait, c'était plutôt amusant! répond Jade, étonnée. C'est maintenant ton tour, Coralie. Bonne chance!

Elle montre ses mains à Coralie pour lui signifier qu'elle a croisé ses dix doigts, puis elle regarde son amie se diriger vers l'avant pour faire son discours.

Chapitre quatre

Jade regarde Coralie fixer son affiche sur le tableau, encore sous l'émotion des applaudissements qu'elle a reçus à la suite de son discours.

«Coralie va être formidable, pense fièrement Jade. Elle a un don. Et en plus, elle est beaucoup plus sûre d'elle que moi.»

Mais Coralie ne semble pas si confiante. Debout devant la classe, elle devient anormalement rouge.

— Hum..., commence Coralie. Euh...

— Pourquoi ne lis-tu pas ce qui est écrit sur ton affiche? dit gentiment monsieur Bédard. Prends ton temps.

Coralie rougit davantage, puis elle se met à lire. Cependant, elle ne lit pas tout à fait ce qui est écrit sur son affiche. En fait, elle ne paraît pas aussi enthousiaste et intelligente qu'elle ne l'est en réalité.

— Votez pour moi, dit-elle d'une voix monotone, parce que je serai une présidente de classe accessible à qui tout le monde pourra, euh, parler.

«Aaah! pense Jade en faisant une grimace de compassion. Allez, Coralie. Souviens-toi à quel point tu étais bonne quand tu pratiquais devant le miroir!»

— Deux, marmonne Coralie. Je promets un plus grand aquarium pour les poissons de la classe.

Derrière elle, Jade entend quelqu'un chuchoter :

— De quoi elle parle ? T'as entendu ce qu'elle a dit ?

« Parle plus fort, Coralie ! lui conseille Jade en silence. Explique ton idée ! Tu as monté un excellent programme. Donne plus de détails. »

Mais Coralie passe déjà au point suivant, comme si elle souhaitait finir son discours au plus vite.

— Trois, je vais interdire le soccer...

Soudain, quelque chose se coince dans sa gorge et elle commence à tousser.

Les garçons, qui croient qu'elle a l'intention d'interdire le soccer pour de bon, se mettent en colère.

— Quoi ? s'écrie Xavier. Pourquoi veux-tu interdire le soccer ?

— Hé, proteste Oscar. Tu n'as pas le droit !

Coralie tousse sans broncher. Ses yeux s'emplissent d'eau, et Jade constate qu'elle est en état de panique.

Allez, Coralie !

Dans la chambre de Jade, Coralie était drôle, décontractée et si cool qu'elle aurait réussi à convaincre tout le monde de voter pour elle.

Devant la classe, par contre, Jade doit avouer que sa meilleure amie n'a pas su être à la hauteur.

Jade essaie d'attirer le regard de Coralie afin que celle-ci puisse au moins voir un visage sympathique. «Finis de lire, lui ordonne Jade en silence. Explique que tu souhaites seulement interdire le soccer à côté du terrain de handball!»

Mais Coralie s'éloigne plutôt du tableau et retourne s'asseoir à sa place, la tête basse.

— Bien, dit monsieur Bédard en souriant.

Coralie est une candidate controversée ! Suivant ?

Coralie s'effondre sur la chaise à côté de Jade.

— C'est un désastre.

Jade ignore quoi répondre, puisque sa performance a effectivement été désastreuse. Et ça ne semble pas être la chose à dire en ce moment.

— J'ai figé, chuchote Coralie. Je ne sais même pas pourquoi ! Je croyais pouvoir bien faire, puis quand j'ai vu l'affiche qui disait « Votez pour Coralie », j'ai soudainement pensé : « C'est insensé ! Personne ne va voter pour moi. » Et j'avais raison, n'est-ce pas ? Personne ne va même penser à me nommer après ce discours.

Jade serre la main de son amie.

— Ne sois pas ridicule, murmure-t-elle. Je vais te nommer. Promis.

Chapitre cinq

Une fois que toutes les affiches sont fixées sur le tableau, monsieur Bédard frappe dans ses mains.

— Bon travail, tout le monde ! Vous avez tous apporté d'excellentes idées. C'est maintenant le moment de nommer nos huit candidats. Commençons par les filles.

Plusieurs mains s'élèvent dans les airs. Tout le monde souhaite être choisi en premier.

— Oh, Lydia, dit monsieur Bédard. Qui veux-tu nommer ?

— Audrey, répond Lydia en souriant à sa sœur jumelle.

— Audrey, acceptes-tu la nomination de Lydia ?

— Oui, je l'accepte, dit Audrey.

Monsieur Bédard écrit son nom au tableau.

Jade et Coralie s'échangent des regards d'inquiétude. Ça s'est passé si vite, et il ne reste maintenant que trois places !

Jade manque de se lever de sa chaise pour que sa main soit plus visible que les autres.

— Hum..., lance monsieur Bédard en jetant un regard circulaire sur la classe. Olivia ?

— Je nomme Rosalie.

— Et j'accepte ! crie Rosalie avant même que monsieur Bédard le lui demande.

— C'est fait, répond monsieur Bédard en inscrivant son nom sous celui d'Audrey. Et... Zoé ?

— Isabelle !

— Isabelle ?

— Oui, j'accepte. Merci.

Le nom d'Isabelle est ajouté sur le tableau.

— Il ne nous manque plus qu'une nomination du côté des filles.

Jade a l'impression qu'elle va se déboîter l'épaule si elle essaie d'attirer davantage l'attention de monsieur Bédard. Mais il ne regarde même pas dans sa direction.

— Voyons voir... Aurélie ?

Jade baisse la main et s'affale sur sa chaise. Coralie fait exactement la même chose à côté d'elle. Bien sûr, Aurélie va nommer sa meilleure amie, Zoé, et ce sera terminé.

Puis soudain, Aurélie dit :

— Je nomme Jade.

Jade sourcille. Quoi ?

— Jade ? demande monsieur Bédard. Est-ce que tu acceptes la nomination ?

Jade se mord la lèvre et se tourne en direction de Coralie. Si elle rejette la nomination, elle aura encore une chance de pouvoir nommer Coralie. Jade sait à quel point ça lui tient à cœur.

Mais d'un autre côté, pense-t-elle, ça me tient aussi à cœur, et il n'est pas certain que monsieur Bédard me demande de nommer quelqu'un d'autre...

Elle évite le regard de Coralie, lève les yeux et répond :

— J'accepte.

— Excellent, s'exclame monsieur Bédard. Quatre candidates formidables. Passons maintenant aux garçons.

Jade ne porte pas attention aux candidatures des garçons. Elle est trop énervée et heureuse qu'Aurélie ait pensé à elle pour être présidente de classe.

Puis, elle remarque que Coralie est courbée sur sa chaise et biffe quelque chose dans son agenda, l'air très fâchée.

«Oups», pense Jade, soudainement moins énervée.

Les nominations des garçons se déroulent aussi rapidement que celles des filles. Xavier, Oscar, Nathan et Carl sont nommés.

Jade fait à peine attention. Elle est trop occupée à penser à une façon d'attirer le regard de Coralie pour lui parler.

Mais Coralie est entêtée et ignore complètement Jade.

— Parfait, dit monsieur Bédard. Nous avons nos huit candidats. C'est le moment de passer au vote. Chacun de vous doit prendre un bout de papier et inscrire le nom d'un garçon et d'une fille. Puis, vous le déposerez dans ce contenant de crème glacée.

Un murmure d'excitation s'élève dans la classe, et Jade entend les enfants discuter

Est-ce que quelqu'un va voter pour moi?

entre eux à propos de la personne pour qui ils vont voter. Elle tend l'oreille pour savoir si quelqu'un dit son nom.

— Alors, pour qui vas-tu voter? lui demande finalement Coralie.

— Hum, je ne sais pas, dit Jade, soulagée qu'elle lui parle. Peut-être bien Carl?

— Non, du côté des filles?

— Oh, ouais, répond Jade. Probablement pour Isabelle.

Coralie lui adresse un petit sourire.

— Je vote pour toi. Tu devrais aussi voter pour toi.

— Oh, eh bien... non, balbutie Jade en secouant la tête. Ce serait bizarre. Je veux dire, quelle sans-génie voterait pour elle-même?

À l'autre bout de la classe, Oscar est debout sur sa chaise et montre sa feuille à tout le monde autour de lui.

— Regardez bien, les amis, dit-il d'une voix forte en pointant son nom du doigt. Ça s'épelle O-S-C-A-R. C'est ça. Et n'oubliez pas, voter pour Oscar, c'est voter pour moins de devoirs.

— Ça vient appuyer mon point, dit Jade.

Coralie éclate de rire. Au moment où elles vont déposer leurs bulletins de vote dans le contenant, les choses semblent être revenues à la normale.

Chapitre six

L'ambiance dans la cour de récréation est survoltée. Isabelle est à la cantine avec son agenda, demandant à tout le monde de la classe de monsieur Bédard pour qui ils ont voté. Elle lance des noms à la blague et cumule les votes dans le but de deviner qui va gagner.

Oscar, en revanche, essaie encore de convaincre les gens de l'élire président, bien que le vote soit déjà terminé.

Rosalie distribue le surplus de sucettes et joue au handball comme s'il s'agissait d'une journée normale.

Jade aimerait bien jeter un coup d'œil à l'agenda d'Isabelle, mais elle ne voudrait pas rendre les choses plus difficiles pour Coralie.

— Quelle histoire ! s'exclame Jade. Viens. Allons voir s'il y a beaucoup d'attente pour jouer au handball.

— Ouais, d'accord, répond Coralie avec reconnaissance.

Jade regarde Isabelle une dernière fois. Elle écrit encore dans son agenda.

Lorsque la cloche annonçant la fin de la récréation sonne, la classe de monsieur

Bédard s'empresse de se mettre en ligne pour entrer.

— C'est plutôt inhabituel de votre part, dit monsieur Bédard en ouvrant la porte de la classe. Qu'est-ce qui pourrait bien vous motiver?

Il attend que tout le monde soit assis à son pupitre, puis il prend une craie toute neuve et dit:

— Nous allons étudier le merveilleux monde des fractions.

Un murmure de désapprobation s'élève aussitôt.

— Oh, monsieur Bédard!

— Quoi? Vous n'aimez pas les fractions? réplique-t-il d'une voix vexée. Oui, Félix?

— Vous oubliez les présidents de classe?

— Quels présidents de classe? répond monsieur Bédard. Nous n'avons pas de présidents de classe.

Tout le monde proteste à nouveau.

— Nous venons de voter! dit Xavier.

— Oups! Ces présidents-là, s'esclaffe monsieur Bédard, comme s'il venait de faire une blague hilarante. Ça doit m'être sorti de la tête.

Jade et Coralie roulent les yeux, et quelques élèves commencent lentement à applaudir.

— Je te jure, il est pire que mon père, chuchote Jade.

Monsieur Bédard dépose sa craie et retourne à son bureau.

— D'accord, d'accord, ne déclenchez pas une émeute. Alors... où ai-je mis les résultats ? Laissez-moi y penser. Ah, les voilà ! dit-il en souriant. Alors, on a eu droit à une élection fort captivante et le vote a été très serré.

Jade croise les doigts sous son pupitre en s'assurant que Coralie ne la voit pas.

— D'abord, le président chez les garçons, dit monsieur Bédard. Vous avez élu... roulements de tambour, s'il vous plaît.

Les élèves de la classe se mettent à frapper sur le couvercle de leurs pupitres, produisant un bruit martelant assourdissant.

— Oscar Morin !

— Ouais ! s'écrie Oscar en se levant d'un bond. Merci tout le monde. Vous avez voté intelligemment !

Jade rit et dit à Coralie :

— Je plains la fille qui sera élue présidente et qui devra travailler avec lui !

— Ouais, bien, répond Coralie. Une chance que je n'ai pas à me soucier de ça.

Jade regarde son amie d'un air inquiet, mais ne dit rien. Elle sait que Coralie est déçue, mais ça ne lui ressemble pas du tout.

Tandis qu'Oscar est debout sur sa chaise et s'assure que tout le monde voit son badge de président, Jade regarde les autres

Pauvre Coralie !

filles qui sont dans la course. Rosalie, Isabelle et Audrey.

«Nous sommes quatre, pense Jade, et l'une d'entre nous est déjà élue présidente sans même le savoir. »

Jade a l'impression qu'Isabelle est celle qui en a le plus envie. Mais Rosalie est probablement la plus populaire, alors qu'Audrey est sans doute la plus intelligente. Ça peut être n'importe qui, c'est vrai.

Elle se demande si elle a une chance contre elles. «Non, décide-t-elle. C'est amusant, mais je doute récolter plus de votes que ces filles. Le simple fait d'avoir été mise en nomination est déjà suffisamment cool. »

Ce n'est pas une mauvaise chose en soi.

En fait, ça lui enlève un grand poids sur les épaules.

Elle est fière de s'être levée et d'avoir fait un discours devant la classe, mais la présidente devra parfois parler devant l'école entière lors des assemblées. Ce serait beaucoup trop stressant.

Monsieur Bédard interrompt les célébrations d'Oscar.

— D'accord, ça suffit, monsieur le président! dit-il en souriant. Assieds-toi tandis que je procède au dévoilement de la présidente.

Jade se penche vers l'avant et regarde Rosalie, Isabelle et Audrey avec fébrilité.

Qui sera élue?

Chapitre
sept

Monsieur Bédard se racle la gorge.

— Alors, notre nouvelle présidente de classe est...

Le martèlement sur les pupitres recommence.

Jade donne des coups énergiques, surtout pour relâcher son stress. En fait, elle produit tant de bruit qu'elle n'entend pas ce que dit monsieur Bédard.

— Qu'est-ce qu'il a dit? demande-t-elle à Coralie.

— Tu as bien compris !

Jade remarque que monsieur Bédard regarde dans sa direction.

— Allez Jade, dit-il en riant. Lève-toi et fais-nous un discours.

Jade se lève lentement. « Vient-il juste d'annoncer que je suis la présidente de classe ? »

Puis soudain, tous ses collègues de classe se mettent à l'acclamer. Elle se tourne et les regarde d'un air ahuri.

Suis-je vraiment la présidente de classe ?

« C'est vraiment moi ! se dit-elle, en souriant et en rougissant en même temps. C'est formidable ! »

C'est comme un rêve, ou bien la fin d'un excellent film avec un dénouement parfait.

« Et je ne m'enfuirai pas à toutes jambes ! pense-t-elle pendant que monsieur Bédard lui remet son badge reluisant. Et dire que c'était l'idée de Coralie ! »

Elle pense soudainement à Coralie. Jade baisse la tête vers sa meilleure amie en espérant qu'elle lui sourit. Mais ce n'est pas le cas. Mais pas du tout.

Cette fois-ci, Coralie porte toute son attention sur le crayon qu'elle taille.

« Oh, pense Jade. C'est comme ça. »

Lorsque les applaudissements cessent, Jade dit :

— Merci d'avoir voté pour moi ! Je vous promets de travailler très fort pour qu'on passe une étape formidable !

Elle s'assoit rapidement et se tourne à nouveau vers Coralie. Coralie ne la regarde pas.

— Coralie ? chuchote Jade.

Coralie l'ignore.

— Hé, Coralie, tente à nouveau Jade. Est-ce que ça va ?

— Oui, répond Coralie en regardant le tableau.

— Ok, dit Jade.

Coralie est manifestement en colère et ne souhaite visiblement pas parler de cela. Jade n'insiste pas. Elle ne veut surtout pas se faire prendre à parler en classe, alors que ça ne fait même pas cinq minutes qu'elle est présidente.

« Je suis présidente de classe ! se dit Jade, qui se sent à nouveau fébrile au moment où elle épingle son badge sur son chandail. C'est incroyable ! »

Elle regarde son amie une autre fois, mais c'est comme si Coralie avait érigé un mur invisible entre elles.

Jade pousse un soupir. « J'espère que nous pourrons régler cela à l'heure du dîner. Je ne veux pas me disputer avec ma meilleure amie pour une histoire de présidente de classe.»

Par contre, elle a plus de difficulté à parler à Coralie qu'elle ne l'avait cru. Tout d'abord, toutes les filles viennent la voir pour la féliciter.

— N'hésite pas à remettre Oscar à sa place, dit Lydia. Sinon, nous devrons l'appeler «Président Oscar» chaque fois que nous lui adresserons la parole!

— Ouais, tu auras peut-être de la difficulté à travailler avec lui, blague Olivia.

Jade sourit, puis elle se met à chercher Coralie. Elle croyait que Coralie était à côté d'elle en quittant la classe, mais elle a ensuite disparu.

Jade se tient sur la pointe des pieds et étire le cou pour voir au-dessus des filles qui se trouvent devant elle.

«La voilà!» Elle regarde les garçons jouer au soccer sur le terrain de jeu. Jade sourcille. «Coralie n'a jamais regardé une partie de soccer de sa vie!»

Lorsqu'elle se ressaisit, Jade remarque que Rosalie est à côté d'Olivia.

Rosalie lui sourit.

— Félicitations!

— Merci, répond Jade.

Puis, elle baisse la voix.

— Est-ce que je peux te demander quelque chose? Es-tu fâchée de ne pas avoir gagné?

— Pas du tout, dit Rosalie.

Elle gratte ensuite son nez.

— En fait, peut-être un peu, mais pas vraiment.

— Alors, tu n'as pas l'impression de t'être fait voler la victoire? Tu n'es pas fâchée contre moi?

— Non! répond Rosalie, l'air étonnée par cette idée. Tu le mérites. Si seulement j'avais pensé à recueillir de l'argent pour planter des arbres. De toute façon, tu n'es pas devenue présidente par toi-même. La classe entière a voté pour toi.

— Ouais, dit pensivement Jade. Merci Rosalie.

«Je doute que Coralie le voie de cette façon...»

Chapitre
* huit *

Jade veut aller voir Coralie sans tarder, mais plein d'autres filles souhaitent lui parler. Certaines l'informent qu'elles voudraient l'aider dans son projet de plantation d'arbres, et d'autres lui disent tout simplement qu'elles ont voté pour elle.

Quelques-unes lui demandent dans combien de temps les bâtonnets glacés au melon d'eau seront en vente à la cantine, et quel en sera le prix.

Jade n'a jamais rien vécu de tel dans sa vie. Tous les scénarios qu'elle s'était imaginés dans sa salle de bains sont en train de devenir réalité.

Elle ne s'est jamais considérée comme une personne intéressante, mais tous les élèves de sa classe semblent soudainement pendus à ses lèvres.

«Et dire que la plantation d'arbres et les bâtonnets glacés ne sont que le début! songe-t-elle. Si nous unissons nos efforts, nous pourrons changer notre école à jamais!» Elle est si excitée à l'idée, qu'elle doit la partager avec les filles qui se trouvent autour d'elle.

— Après tout, explique-t-elle, une seule fille a été élue présidente de classe, mais ça ne veut pas dire que nous devons rejeter les idées des autres filles ! Nous devrions essayer de réaliser toutes les idées qui ont été suggérées au cours de l'élection.

— Des gants pour vider les poubelles ! dit Isabelle en souriant.

— La journée sans robes une fois par mois pour une bonne cause, s'excite Audrey.

— C'est ça ! lance Jade.

Nous les réaliserons toutes !

Elles discutent de tant de choses que Jade finit par en être étourdie. Lorsqu'elle se décide enfin à aller retrouver Coralie, la pause du midi est presque terminée. Les garçons jouent encore au soccer, mais Coralie ne les regarde plus.

Jade ne porte plus attention à la conversation et parcourt la cour de récréation du regard.

« Elle n'est pas au mûrier... ni à la cantine, réfléchit Jade dans un élan d'inquiétude. Où peut bien se trouver Coralie ? »

— Pardonnez-moi, dit-elle aux filles qui bavardent à côté d'elle.

Elle se dirige derrière le terrain de tennis pour voir si Coralie y est. Ou peut-être est-elle dans la salle de bains des filles ? « Je ne peux pas croire que je ne sois pas parvenue à lui parler de toute l'heure du dîner. »

Elle passe devant Zoé et Aurélie, qui s'amusent à recracher les pépins de leurs mandarines dans les poubelles.

— Hé, avez-vous vu Coralie ?

— Non, désolée, répond Zoé. Je ne l'ai pas vue de l'heure du dîner.

« Je n'arrive pas à y croire, pense furieusement Jade. Je savais que Coralie était fâchée, et je savais que je devais lui parler pendant la pause du dîner. Alors qu'est-ce que j'ai fait ? Quelle sorte de meilleure amie suis-je ?

J'aurais dû aller la voir sur-le-champ. Toutes ces discussions à propos des présidents de classe auraient pu attendre ! »

Jade traverse la cour de récréation à grands pas, en colère contre elle-même.

Elle a peur de ne pas trouver Coralie avant le son de la cloche. Mais elle est également en colère contre Coralie. « Je comprends qu'elle soit déçue, mais elle n'est pas obligée de s'en prendre à moi. »

Au moment où elle passe devant la salle du personnel, monsieur Bédard l'interpelle.

— Jade ! La personne que je cherchais. J'aimerais que tu me rendes un service.

Jade marche si rapidement qu'elle passe tout droit devant son professeur et doit revenir sur ses pas.

— J'aimerais vous parler, à toi et à Oscar, de l'assemblée de lundi prochain, l'informe monsieur Bédard. Peux-tu trouver Oscar et lui dire que vous devez tous les deux être en classe dix minutes avant la cloche?

Jade hoche la tête. «Désolée, Coralie. On dirait bien que je n'aurai pas du tout l'occasion de discuter avec toi.»

Chapitre neuf

Jade fait le tour de la cour de récréation en courant. Elle pressait le pas lorsqu'elle ne cherchait que Coralie, mais maintenant qu'elle doit trouver Coralie et Oscar, elle court à toutes jambes.

Elle se précipite au terrain de jeu où les garçons jouent au soccer. Ils ne s'en iront pas avant le son de la cloche, et Oscar est toujours avec eux.

Pas aujourd'hui, par contre.

«Grrr, bien sûr que non, se renfrogne Jade. Ça aurait été trop facile.»

Elle songe à interrompre la partie et à demander à un des garçons où se trouve Oscar, mais elle n'a pas une minute à perdre. Ils crient tous après le ballon, et ce serait trop difficile d'attirer leur attention.

«Je le trouverai plus rapidement si je le cherche, décide-t-elle. Il bavarde peut-être avec Isabelle. Si c'est le cas, ils peuvent se trouver n'importe où.»

Elle court d'un bout à l'autre de la cour de récréation, scrute tous les recoins secrets et regarde attentivement chaque groupe d'enfants en espérant trouver Coralie avant Oscar.

Mais elle ne voit ni l'un ni l'autre.

«Il ne reste que trois minutes avant notre rencontre avec monsieur Bédard, s'inquiète-t-elle. Qu'est-ce que je vais faire?»

— Hé, Jade! Qu'est-ce qui se passe? crie Rosalie, qui est à côté du mûrier avec Olivia.

— Tu as l'air tellement stressée.

Jade se ressaisit.

— Avez-vous vu Coralie? Ou Oscar? Je dois les trouver tous les deux.

Olivia secoue la tête, alors que Rosalie dit:

— Oscar n'avait-il pas une réunion d'informatique avec monsieur Champagne?

Jade frappe sa main contre son front.

— Ah oui! J'avais oublié. OK. Et Coralie?

— Regarde, dit Olivia. Elle est là.

— Où? demande Jade.

— Ici, dit doucement Coralie, faisant sursauter Jade. Juste à côté de toi. Tu ne m'as pas vue me diriger vers toi de l'autre côté de la cour de récréation?

— Non! dit Jade. Désolée, j'étais juste...

— Je sais, répond Coralie en détournant le regard. Ne t'en fais pas. Tu étais trop occupée. Trop occupée pour moi.

— Quoi? l'interrompt Jade. Qu'est-ce que tu veux dire par là? Je t'ai cherchée pendant toute l'heure du dîner!

— Non, c'est faux, lance sèchement Coralie. Je t'ai observée. Tu devais tout d'abord parler avec tous tes partisans. Puis, quand tu en as eu assez, tu es partie. Tu es passée tout droit devant moi !

Jade ne tient pas compte du commentaire à propos de ses partisans, bien qu'elle croie que c'était méchant. Elle répond plutôt :

— Mais je te cherchais.

Coralie regarde Jade d'un air incrédule.

Jade prend une grande respiration.

— Écoute, commence-t-elle, avant d'être interrompue par un sifflement.

— Hé, Jade, l'appelle monsieur Bédard. C'est l'heure ! As-tu trouvé Oscar ?

Jade plisse les yeux de colère.

— Je dois y aller, Coralie. Tu peux être fâchée contre moi si tu veux, mais ce n'est pas ma faute. On aura cette conversation une autre fois.

Sans même attendre la réponse de Coralie, elle court rejoindre monsieur Bédard.

Jade compare ses émotions à une croustade. Sur le dessus, il y a l'excitation d'assister à sa première réunion en tant que présidente de classe. Sous cet étage se cache l'inquiétude que monsieur Bédard soit fâché parce qu'elle n'a pas trouvé Oscar. Dans le centre, il y a la culpabilité de passer une journée formidable alors que celle de Coralie se déroule très mal.

Et elle recouvre le tout d'une horrible garniture pourrie de colère contre sa meilleure amie qui est si... si...

«Je n'arrive même pas à trouver le mot juste pour décrire l'attitude de Coralie, pense Jade tandis qu'elle entre dans la classe. Je savais qu'elle était fâchée, mais je ne croyais pas qu'elle m'en voulait! Comment devrais-je réagir?»

Chapitre dix

Monsieur Bédard est assis à son bureau.

— Hé, madame la présidente. As-tu trouvé Oscar?

— Non, répond Jade, qui secoue la tête en se demandant si monsieur Bédard la réprimandera. Une personne est déjà en colère contre elle pour une bagatelle. Une de plus, une de moins?

— Je crois qu'il est en réunion avec monsieur Champagne, ajoute-t-elle.

Au grand soulagement de Jade, monsieur Bédard n'a pas l'air fâché du tout.

— Oh, tu as raison. Ce n'est pas grave. Je lui ferai un compte rendu plus tard. Mais toi et moi pouvons commencer tout de suite.

Il tape dans ses mains, l'air très enthousiaste.

— J'ai discuté avec madame Laberge dans la salle des professeurs, et elle raffole de ton idée d'amasser de l'argent pour planter des arbres. Elle connaît même l'endroit idéal pour les planter !

Monsieur Bédard lui sourit.

— Alors, pourrais-tu en faire l'annonce lors de l'assemblée de lundi prochain ? Communiquer ton excellente idée au reste de l'école ?

Jade rayonne de fierté. Elle hoche la tête énergiquement.

— OK!

«Ça va être formidable», décide-t-elle tandis que monsieur Bédard lui dessine un schéma de l'endroit où madame Laberge souhaite planter les arbres.

«Je vais tout faire pour que mon idée se réalise! Et si je peux changer une école, je sais que je peux arranger les choses avec Coralie.»

Je sais que je le peux!

Pas à l'école, cependant. Chaque fois que Jade essaie d'attirer le regard de Coralie ou de lui chuchoter à l'oreille, il arrive toujours quelque chose qui lui fait rater l'occasion.

Jade aperçoit Coralie se mordiller la lèvre à quelques reprises. Coralie se tourne tout à coup en direction de Jade. Mais lorsqu'elle se rend compte que celle-ci la regarde, elle baisse rapidement les yeux sur son cahier.

« Je parie que nous pourrions régler ça en un rien de temps si nous en avions l'occasion, pense Jade. Je dois simplement trouver une solution pour que Coralie se sente mieux. »

Elle regarde monsieur Bédard, qui écrit des problèmes de maths sur le tableau, et qu'ils doivent retranscrire dans leurs cahiers. Ça s'est avéré qu'il était sérieux à propos des fractions.

Pendant que monsieur Bédard leur tourne le dos, Jade en profite pour gribouiller une note sur un bout de papier qu'elle fait glisser sur le pupitre de Coralie.

On se rencontre après l'école ?
Je dois te parler !

Jade retient son souffle tandis que Coralie prend la note et la place soigneusement devant elle afin que monsieur Bédard ne la surprenne pas. Coralie la lit, puis elle hoche la tête en souriant.

« Oui ! » Jade lui sourit et se remet à ses problèmes de maths. Elle sait que Coralie est déçue de ne pas être présidente de classe, mais Jade a une idée qui pourra l'aider à se sentir mieux.

Coralie attend Jade à côté de la poubelle avec son sac à dos.

— Je suis désolée d'avoir pris autant de temps, dit Jade. Lydia occupait tout l'espace devant mon casier et ça lui a pris une éternité à ranger ses livres.

— Ça va, marmonne Coralie.

Elle semble contrariée, ce qui ne lui ressemble pas du tout.

Mais enfin, rien de ce qui s'est passé aujourd'hui ne ressemble à Coralie. Jade n'a jamais vu Coralie échouer devant la classe. Ou encore se mettre en colère parce que Jade a mieux réussi qu'elle.

Lorsque nous avons une meilleure amie, nous sommes habituées de la voir agir d'une certaine façon. Jade a toujours considéré Coralie comme une personne confiante, drôle et pleine d'idées. Elle a de

la difficulté à accepter que Coralie soit grincheuse et jalouse.

«Je ne pourrais pas donner la tâche de présidente à Coralie, pas même si je le voulais! pense Jade. Et ce n'est pas ce que je souhaite. Je veux vraiment être présidente. Mais devrai-je choisir entre ma meilleure amie et être présidente?»

Chapitre onze

Jade regarde Coralie attentivement en se demandant par où commencer. Cette discussion la rend un peu nerveuse. Elle ne veut surtout pas qu'elle se transforme en dispute.

— Alors, commence Jade, espérant trouver les mots au fur et à mesure. À propos des élections...

— Jade, je suis si désolée! l'interrompt Coralie. Je sais que je me suis comportée comme une idiote, et j'ignore pourquoi. Je suis censée être ta meilleure amie et j'étais jalouse de… jalouse de… jalouse de quelque chose.

Jade rit avec étonnement.

— Alors, tu n'es plus fâchée contre moi ?

— Non ! répond Coralie en faisant une grimace. Je n'étais pas vraiment fâchée. En fait, j'avais si honte d'avoir raté la lecture de mon affiche, que j'ai ressenti de la jalousie envers toi lorsque tu as été nommée. Mais je me suis alors dit : « Ça va aller, pourvu qu'elle ne soit pas élue, parce que ça ne serait pas juste. » Mais c'était abominable de ma part d'espérer que ma meilleure amie perde pour que nous soyons toutes les deux perdantes. Puis, j'ai eu honte. Quelle histoire !

Jade rit à nouveau, mais gentiment.

— Ce n'est pas grave.

— Oui ça l'est! J'aimerais faire quelque chose pour me reprendre, une chose qui te prouvera que je ne suis plus jalouse et que je souhaite redevenir ta meilleure amie.

— Qu'est-ce que tu veux dire? Tu n'as jamais cessé d'être ma meilleure amie. Qui t'a dit le contraire? Mais si tu veux vraiment te reprendre, non pas que tu aies à le faire...

— N'importe quoi, dit Coralie. Tout ce que tu veux. Tu demandes, et je le fais.

— Excellent, répond Jade en souriant. Parce que j'ai besoin de ton aide.

Jade et Coralie se rendent au débarcadère de l'école ensemble, mais elles ne prennent pas le même autobus. Jade doit donc se dépêcher à expliquer son plan à Coralie pendant qu'elles marchent.

— Alors, tu sais ma rencontre avec monsieur Bédard sur l'heure du dîner ? La raison pour laquelle je ne n'avais pas le temps de te parler ?

— Ouais ?

— Bien, il m'a dit qu'il avait exposé mon idée de plantation d'arbres à madame Laberge et qu'elle était d'accord pour le faire ! Je dois faire l'annonce avec Oscar lors de la prochaine assemblée et convaincre toute l'école de s'impliquer dans le projet.

Jade parle avec enthousiasme, mais à l'intérieur, elle est encore un peu méfiante.

« J'espère que Coralie le pense lorsqu'elle dit qu'elle n'est plus jalouse, réfléchit-elle. Si elle est secrètement jalouse et qu'elle tente de le cacher, je vais juste empirer les choses en lui confiant ceci. »

Mais au grand soulagement de Jade, Coralie semble aussi enthousiaste et fière que Jade.

— C'est génial, Jade !

— Ouais, mais ce n'est pas tout. L'assemblée a lieu lundi prochain, et en plus de devoir écrire un discours et m'exercer à le lire, j'ai besoin d'une affiche que je vais emporter avec moi sur la scène.

Coralie ne dit rien. Elle regarde Jade avec des étincelles dans les yeux.

— Alors, Coralie, acceptes-tu de m'aider ? demande Jade.

J'espère que Coralie va m'aider !

— Oui ! s'écrie Coralie. Bien sûr que je vais t'aider ! J'étais certaine que tu ne me le demanderais jamais !

— Cool, dit Jade en souriant. Je vais donc demander à mon père si tu peux venir chez lui samedi, puis je vais me procurer tout ce dont nous aurons besoin pour fabriquer l'affiche.

— Et je vais aussi apporter ma colle à brillants et de la gouache.

— Tu vois ? dit Jade. Je savais que tu étais la personne tout indiquée pour ce travail.

Coralie sourit et dit d'une voix plus posée :

— Merci Jade. Tu es une super amie, et je suis contente que tu aies été élue présidente, tu sais.

Jade lui sourit. C'est étonnant à quel point on peut régler des choses en une seule journée. Elle n'aurait jamais cru vivre une telle journée dans sa vie.

Elle a l'impression que des années se sont écoulées depuis qu'elle a présenté son affiche. Et la voilà maintenant réconciliée avec Coralie après une dispute étrange, et présidente de classe avec un projet d'envergure à gérer!

— Merci, dit-elle à Coralie. Je suis heureuse que tu m'aides.

Samedi, Jade et Coralie essaient de trouver un nom accrocheur pour le projet de plantation d'arbres.

— Monsieur Bédard a dit que chaque classe devra recueillir des fonds à sa façon, alors il y aura une foule de concours, de stands à gâteaux et tout, explique Jade. Mais je dois trouver un nom pour l'endroit où seront plantés les arbres.

— C'est cool, dit Coralie. Si nous laissions cette tâche aux professeurs, ils penseraient certainement à un nom sans intérêt.

— C'est tellement vrai, ricane Jade avant de secouer la tête. Mais d'un autre côté, ça peut être difficile de trouver un nom accrocheur.

Coralie lance un minuscule élastique rose sur sa tête.

— Arrête tes histoires! ronchonne Coralie. C'est ce que tu as dit quand est venu le temps de trouver des idées pour ton affiche, et tu es celle qui a le mieux réussi de toute la classe.

— Bien, j'ai pensé à quelque chose, admet Jade. Mais c'est peut-être un peu ridicule.

— Je t'écoute.

— OK, mais ne ris pas. Tu sais que madame Laberge souhaite que nous plantions les arbres dans cet espace envahi de mauvaises herbes derrière le belvédère? Bien, il y a un petit ruisseau à deux pas de là, et j'avais pensé que nous pourrions l'appeler le «Jardin du ruisseau».

J'espère qu'elle aime mon idée!

Elle regarde nerveusement Coralie, mais celle-ci ferme les yeux.

— Tu vois, ce que je veux dire, s'empresse d'expliquer Jade, c'est que ça ne devrait pas être qu'un simple bouquet d'arbres délimité par un cordon et auquel nous n'aurions pas accès. Nous devrions en faire un jardin où les élèves pourraient s'asseoir tranquillement pour lire ou faire autre chose, et...

— C'est parfait, dit Coralie en ouvrant les yeux.

— C'est vrai? Tu ne trouves pas ça ennuyeux?

— Non, c'est bon, puis nous pourrions écrire sur l'affiche: «Aidez-nous à construire le Jardin du ruisseau». On dirait déjà un endroit réel.

Jade sourit.

— Je pensais la même chose.

— Tu vois? On est des sœurs spirituelles! Nous formons une équipe du tonnerre.

Prise de main spéciale!

Jade rit et tend les mains vers son amie. C'est si bon de revoir la Coralie qu'elle connaît.

Chapitre
douze

Le lundi suivant, l'assemblée paraît interminable. La classe de maternelle monte sur scène pour chanter «Mon merle a perdu son bec», puis on remet des méritas en lecture à la moitié des élèves de deuxième année.

Jade a l'impression que ça ne finira jamais. Puis soudain, madame Laberge dit :

— Maintenant, Jade Grondin et Oscar Morin, les présidents de la classe de mon-

sieur Bédard, ont une annonce importante à vous faire.

Jade prend ses cartons pour son discours et se lève. Elle se retourne pour s'assurer qu'Oscar la suit avec l'affiche.

— Bonne chance ! lui chuchote Coralie.

Jade se demandait si ses jambes trembleraient lorsqu'elle irait rejoindre madame Laberge sur la scène. Mais au fur et à mesure qu'elle marche, son courage s'accroît, comme lorsqu'elle a lu son affiche devant toute la classe.

En fait, c'est un peu plus terrifiant que ça, mais elle est quand même impatiente de parler à tout le monde.

Elle ne se serait jamais doutée qu'elle apprécierait autant être présidente! Et voilà qu'elle est sur le point d'expliquer à tous de quelle façon ils peuvent unir leurs efforts pour faire une différence. Pour améliorer les choses!

Une fois arrivée sur la scène, Jade se retourne pour voir si Oscar est prêt avec l'affiche. Elle est magnifique, et le lettrage brillant de Coralie est parfait, comme toujours.

Elle regarde les cartons dans ses mains une dernière fois, même si elle connaît son discours par cœur.

Jade sourit et lève les yeux vers l'auditoire. Elle jette un regard circulaire sur la salle et aperçoit Coralie, qui lui sourit fièrement.

— Bonjour, dit Jade, qui entend sa voix, claire et distincte, retentir.

Ça va bien aller.

Fin

GO GIRL!

La nouvelle série
qui encourage les filles
à se dépasser !

La vraie vie,

de vraies filles,

de vraies amies.

Imprimé au Canada